Mai 2009

grande fille.
Maman est fière de
toi.
Je t'aime
xox

PRINCESSE
Academy
Le Palais Rubis

Princesse Noémie
et la Serre Royale

Cet ouvrage a initialement paru en langue anglaise en 2007
chez Orchard Books sous le titre :
Butterfly Ball.

Adapté de l'anglais par Natacha Godeau

Mise en page et colorisation : Valérie Gibert et Philippe Sedletzki

Hachette Livre, 43 quai de Grenelle, 75015 Paris

Vivian French

PRINCESSE Academy

Le Palais Rubis

Princesse Noémie

et la Serre Royale

HACHETTE

PRINCESSE Academy

Le Palais Rubis

Institution

pour Princesses Modèles

Devise de l'école :

Une Princesse Modèle
est honnête, aimable
et attentionnée.
Le bien-être des autres
est sa priorité.

Le Palais Rubis dispense un enseignement complet, éducation artistique comprise, à l'usage des princesses du Club du Diadème. Notre programme inclut :

- Concours de Créativité de la Fête de l'Amitié
- Cours de Composition Florale (roses sans épine)
- Cours de Danse et Prestance
- Visite du Salon Annuel de Joaillerie Royale (à l'occasion de l'anniversaire de notre chère directrice)

Notre directrice, la Reine Cornélia, assure une présence permanente dans les locaux. Nos élèves sont placées sous la surveillance de l'Enchanteresse en Chef Marraine Fée, et de son assistante Fée Angora.

Notre équipe compte entre autres :

- Le Roi Gaspard IV
(Président d'Honneur)

- Lady Arabelle
(Infirmière en Chef)

- Lady Constance
(Secrétaire de Direction)

- La Reine Mère Matilda
(Maintien, Bonnes Manières et Art Floral)

Les princesses du Club du Diadème
reçoivent des Points Diadème afin
de passer dans la classe supérieure.
Celles qui cumulent assez de points
au Palais Rubis accèdent
au Bal de Promotion, au cours
duquel elles se voient attribuer
leur prestigieuse Écharpe Rubis.
Les princesses promues intègrent
alors en quatrième année
le Château de Nacre,
notre établissement de très haut
niveau pour Princesses Modèles,
afin d'y parfaire leur éducation.

Le jour de la rentrée, chaque princesse est priée de se présenter à l'Académie munie d'un minimum de :

- Vingt robes de bal (avec dessous assortis)
- Cinq paires de souliers de fête
- Douze tenues de jour
- Trois paires de pantoufles de velours
- Sept robes de cocktail
- Deux paires de bottes d'équitation
- Douze diadèmes, capes, manchons, étoles, gants, et autres accessoires indispensables.

Bonjour !
Moi, je suis Princesse Noémie.
Et je suis bien contente de te retrouver !
Je crois que tu connais déjà toutes mes amies
de la Chambre des Coquelicots…
Il y a Chloé, Marie, Olivia, Maya et Jessica.
Elles sont vraiment adorables !

Tu as appris la nouvelle ?
Nous partons en voyage de classe,
ce week-end. Nous allons étudier les papillons.
Quelle chance !
Bon, d'accord : ces pestes de Précieuse et Perla
nous accompagnent…
Mais pas question qu'elles gâchent tout !

À toutes les princesses qui travaillent dur à Hachette Children's Books, avec affection et reconnaissance, V. F.

Chapitre premier

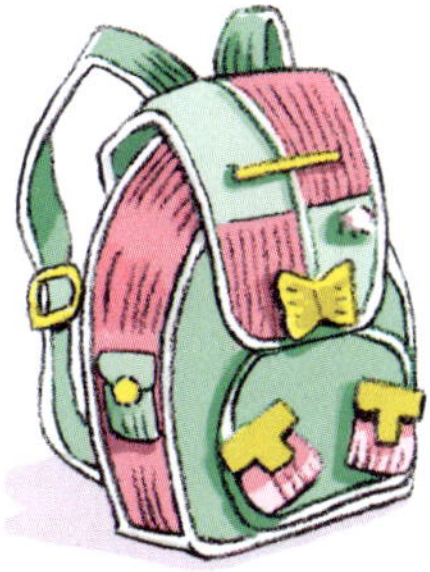

Es-tu déjà partie en voyage de classe ?

Pour boucler ses bagages, quelle histoire : il ne faut rien oublier ! Marraine Fée n'arrête pas de venir dans notre dortoir pour nous donner des tas et des tas d'instructions.

Je ferme mon sac à dos pour la dixième fois, quand elle

s'arrête à la porte et nous lance :

— Je vous ai déjà dit d'emporter une paire de chaussures résistantes ?

— Oui, Marraine Fée! répondons-nous en chœur, avec mes amies.

— Et vos imperméables ? Si jamais il pleut, c'est important !

— Oui, Marraine Fée !

— Parfait.

L'Enchanteresse nous fait un grand sourire. Elle ajoute :

— Eh bien cette fois, ça y est : nous sommes prêtes ! Rendez-vous en bas dans cinq minutes !

Et elle court chercher les élèves des autres chambres.

Jessica s'écroule sur son lit.

— Ouf ! Je n'en peux plus !

soupire-t-elle. Et on n'est même pas encore parties !

— Oui, mais on va bien s'amuser ! se réjouit Olivia.

Elle met son sac à dos sur ses épaules et s'écrie :

— Hé ! Ça pèse une tonne !

— Vous croyez que nous serons ensemble dans la même chambre, au Manoir Papillon ? s'inquiète soudain Maya.

— Il y a intérêt ! grogne Chloé. Moi, je refuse de partager un dortoir avec ces pestes de Précieuse et Perla !

Marie éclate de rire :

— Je crois que les jumelles ne seraient pas très contentes non plus d'être avec toi !

Oh là là, nous n'arrêtons pas de parler ! Je regarde l'horloge.

— Vite, nous allons être en retard ! Manoir Papillon, nous voilà !

Nous ramassons nos sacs à dos et nous dévalons l'escalier. Nous traversons gaiement le vestibule, quand Précieuse et Perla arrivent à leur tour.

Derrière elles, deux valets portent d'énormes valises. Elles sont tellement lourdes qu'ils ont du mal à avancer !

— Oh ! Regarde, Précieuse ! se moque Perla en nous croisant. La Chambre des Coquelicots au complet, avec de gros sacs en toile, comme des domestiques !

— Ce sont nos sacs à dos, je marmonne, agacée. D'ailleurs, pourquoi est-ce que vous ne portez pas les vôtres? La Reine Cornélia nous apprend à toujours nous débrouiller seules!

Précieuse fait une moue hautaine.

— Mère ne nous permettrait jamais de nous occuper de nos

bagages. Elle nous recommande de toujours nous souvenir que nous sommes des princesses.

Je suis scandalisée.

— Sauf qu'une vraie princesse n'exige pas de traitement de faveur ! La Reine Cornélia nous

l'a enseigné, au début du trimestre : « Une Princesse Modèle respecte tout le monde. » Vous ne vous en souvenez pas ?

Perla lève le nez avec mépris. Elle persifle :

— Écoutez donc Noémie-je-sais-tout ! De toute façon, toi, tu serais capable de respecter ta femme de ménage !

— Tu l'aiderais même à porter son seau et sa serpillière ! renchérit Précieuse.

Là, c'en est trop ! Elles sont carrément odieuses ! Je m'écrie :

— Bien sûr, que je l'aiderais ! Ce n'est pas parce que j'ai une

couronne sur la tête que je vaux mieux que les autres ! Et si vous, vous vous croyez meilleures que tout le monde, c'est bien la preuve que vous ne l'êtes pas !

Et je me précipite dans la cour où mes amies m'attendent déjà à bord de notre carrosse. Je monte

avec elles, puis je claque la portière derrière moi.

— Tu leur as bien cloué le bec, dis donc ! lance Maya.

Je me sens un peu gênée, tout à coup.

— J'ai exagéré, je sais... Mais elles sont si méchantes, ces deux pimbêches !

Je me retourne alors vers la fenêtre, et je réalise que les jumelles sont à quelques pas seulement de notre carrosse... Elles s'éloignent aussitôt d'un air fâché.

— Oh non ! je chuchote à l'oreille de Chloé. À ton avis, elles m'ont entendue ?

— N'y pense plus, me rassure-t-elle. Nous allons passer un week-end fabuleux à étudier les papillons. Précieuse et Perla auront autre chose à faire que de nous embêter !

Chapitre deux

La Reine Cornélia nous a fait un long exposé sur le Manoir Papillon.

C'est un ancien pavillon de chasse. Mais son propriétaire, le Roi Léon de Castel-Rond, adore les animaux. Alors il a choisi de le transformer en ferme à papillons !

Il y élève les spécimens les plus rares de la planète ! Pour cela, il cultive toutes les espèces de plantes et de fleurs dont les chenilles ont besoin pour grandir. Il a aussi construit une gigantesque serre à papillons, afin de protéger les insectes les plus fragiles et les plus précieux.

Le Manoir Papillon est certainement un endroit fantastique !

Mais ce qui est encore plus fantastique, c'est ce que nous allons y faire : étudier les papillons, prendre tout un tas de notes sur leurs habitudes. Mais surtout : peindre ceux que nous préférons, en choisissant les couleurs les plus réalistes possibles. Et tu ne devineras jamais pourquoi…

Pour le grand Bal des Papillons du Palais Rubis !

Car voici le meilleur : la Reine Cornélia nous a expliqué que nous devions dessiner nous-mêmes nos robes de bal en nous inspirant de nos papillons préférés. Ensuite, des Couturières Royales nous aideront à les faire !

Marraine Fée a aussi promis une récompense, pour les robes les plus réussies : les gagnantes iront au Bal des Papillons... en tapis volant !

Tu imagines ? Un tapis magique entièrement en pétales de fleurs !

Forcément, maintenant, nous sommes pressées d'arriver au Manoir Papillon...

Nous guettons le bâtiment, par la fenêtre du carrosse. Mais le trajet n'en finit pas !

— C'est long ! soupire Maya tandis que nous franchissons encore une colline. Marraine Fée a-t-elle dit combien de temps le voyage durait ?

— Non, regrette Jessica. Elle a juste dit qu'on y serait pour dîner.

— Pour dîner ?!

Olivia se redresse, catastrophée.

— Mais nous ne sommes qu'au milieu de l'après-midi !

— Dans ce cas, je vais dormir un peu, déclare Olivia en se pelotonnant contre mon épaule. Réveillez-moi quand on arrive !

— Bonne idée ! je bâille à mon tour.

Et quelques minutes plus tard, nous dormons toutes à poings fermés !

Des éclats de voix nous réveillent en sursaut. Nous nous étirons. Notre carrosse s'est arrêté. Nous sommes enfin arrivées !

Marraine Fée vient frapper à la portière :

— On se dépêche, mes chères princesses ! Le Roi Léon nous attend !

Vite, nous attrapons nos sacs à dos ! Puis nous descendons de voiture sans traîner.

Un tout petit roi, un peu rondouillard, se tient sur le perron, juste devant la porte en fer forgé du Manoir Papillon.

Ce château est incroyable ! Il y a des douves, un pont-levis, des tours et tout ce qu'il faut, mais en miniature...

Un vrai palais de poupée, idéal pour son petit propriétaire. C'est si bizarre ! J'ouvre la bouche, j'écarquille les yeux… et le Roi Léon s'en aperçoit ! J'ai tellement honte ! Il fronce les sourcils.

— Fermez la bouche, Princesse !

Vous trouvez peut-être que mon château n'est pas assez grand pour vous ? Ne vous fiez pas aux apparences : le Manoir Papillon est l'un des plus beaux palais du monde.

Je fais une profonde révérence. Ce n'est pas facile, avec un sac à dos, tu peux me croire ! Je m'excuse :

— Pardonnez-moi, Votre Altesse ! J'admirais les tours de votre château !

Le petit roi n'a pas l'air de me croire. Je m'empresse d'ajouter :

— Je vous remercie de tout cœur de nous permettre d'étudier votre magnifique élevage de papillons !

— Bien, répond-il d'un ton radouci. À présent, entrez, je vous prie. Allons ! Allons !

Et il nous pousse dans le hall du manoir.

Près de moi, Perla tire son énorme valise en gémissant. Elle me jette un regard noir. Comme si c'était ma faute, que personne ne soit là pour porter ses bagages ! Elle persifle d'une voix menaçante :

— On t'a entendue dire du mal de nous, Noémie. Je te préviens, on se vengera !

Chloé m'attrape par le bras.

— Ignore-la ! Viens ! Maya sait où est notre chambre !

Et mon amie m'entraîne dans le couloir avant que je puisse répondre quoi que ce soit à cette peste…

Chapitre trois

Quelle chance ! Nous sommes toutes les six dans la même chambre, comme au Palais Rubis !

Par contre, la pièce est si petite que nous devons défaire nos bagages à tour de rôle…

Et il n'y a même pas la place

pour des lits normaux : nous avons des lits superposés. Mais les duvets sont hyper moelleux et les oreillers tout doux !

— Vous croyez que Précieuse et Perla ont des lits superposés, elles aussi ? demande Olivia.

Jessica éclate de rire :

— Elles ont dû râler ! Je les entends d'ici : « Roi Léon ! Mère exige que nous dormions dans des lits à baldaquin ! »

— Moi, je les plains quand même, remarque Chloé en secouant la tête. Leur mère a l'air d'avoir un horrible caractère !

— Oui, c'est vrai, approuve Marie. Le plus souvent, Précieuse et Perla répètent ce que leur mère leur apprend. Ce n'est pas entièrement leur faute.

Je me rappelle comment j'ai cloué le bec à Perla, ce matin. Et je me sens un peu coupable. Je décide alors de lui expliquer que je regrette de m'être mise en colère à ce point. Après tout : « Une Princesse Modèle est toujours aimable et attentionnée… »

— Hou, hou ! Noémie !

Jessica claque des doigts sous mon nez. Elle ajoute :

— Tu es dans la lune, ou quoi ? Marraine Fée vient de nous appeler : nous devons descendre à la salle à manger !

Impossible d'adresser la parole à Perla pendant le dîner. Le Roi Léon n'arrête pas une seconde de parler de ses papillons !

Au bout d'un moment, nos paupières se ferment, à mes amies et à moi. Tu devines notre soulagement lorsqu'on nous permet enfin de monter nous coucher !

Le lendemain, je me réveille très tôt.

Peut-être parce que j'ai beaucoup dormi pendant le trajet ? En tout cas, le premier rayon du soleil se glisse par la fenêtre de la chambre, et je suis en pleine forme !

Chloé, Jessica, Maya, Marie et Olivia dorment encore. Je me lève et je jette un coup d'œil dehors. Il fait un temps merveilleux, ce samedi !

Je sors sans bruit de la chambre.

Le Roi Léon nous a donné la permission d'aller où nous voulons, dans le jardin. À une seule condition : ne jamais ouvrir la Serre aux papillons. Sous aucun prétexte !

Je descends à pas de loup l'escalier qui mène à la porte d'entrée. Quelle surprise ! Marraine Fée est assise dans le hall, en bas des marches.

C'est trop drôle : tout, au Manoir Papillon, est minuscule.

Et Marraine Fée est si grande… J'ai l'impression qu'elle va rester coincée dans son fauteuil ! Elle me sourit.

— Bonjour, Princesse Noémie ! J'attends le carrosse du Palais Rubis. Je rentre à l'Académie. Fée Angora me remplacera et s'occupera de vous aujourd'hui ! Vous sortez vous promener ?

— Oui, Marraine Fée. Si vous n'y voyez pas d'inconvénient.

— Au contraire ! s'exclame l'Enchanteresse. Profitez donc de cette belle matinée ! Avez-vous votre carnet de croquis ? Vous êtes ici pour étudier les papillons, ne l'oubliez pas.

Eh bien si : j'ai oublié mon carnet dans ma valise !

Je cours à la chambre pour le

prendre, lorsque je croise Précieuse et Perla, dans l'escalier. Elles me fusillent du regard !

— Tu reviens du jardin, Noémie ? persifle Perla. Ça ne

m'étonne pas… Tu espérais sûrement trouver le plus joli papillon la première !

J'ouvre la bouche pour protester, quand je me souviens que je suis censée me montrer « aimable et attentionnée ». Alors, je réponds simplement :

— Je ne suis pas encore sortie. J'ai oublié mon carnet de croquis et…

Je prends une profonde inspiration avant de lancer :

— Et je suis désolée d'avoir été un peu dure avec vous, hier.

Là, je fais mon plus beau sourire.

Précieuse commence à me sourire aussi, mais Perla lui donne un méchant coup de coude en grommelant :

— Tu perds ton temps, Noémie : on ne sera jamais tes amies, maintenant ! Et on ne t'aidera pas à dessiner tes papillons non plus !

Puis, elle me bouscule et file vers le jardin en entraînant Précieuse derrière elle.

Je hausse les épaules.

Tant pis ! Au moins, j'aurai essayé…

Chapitre quatre

Je remonte à ma chambre, pour récupérer mon carnet. Cette fois, mes amies sont réveillées.

— Attends-nous cinq minutes ! me supplie Chloé. On t'accompagne au jardin !

Je m'assois donc sur le bord de mon lit, et j'attends que Maya, Marie, Olivia, Chloé et Jessica finissent de se préparer.

Lorsque nous descendons enfin l'escalier, un gros bruit nous parvient de la salle à manger. Comme si quelqu'un frappait sur une espèce de gong !

— Vous croyez que c'est la cloche du petit-déjeuner ? murmure Marie.

— Si tôt ? je m'étonne.

— Allons voir, suggère Jessica. On ne sait jamais, ça peut être une alarme incendie !

Nous nous dépêchons de traverser le hall. Toutes les autres princesses de l'école se précipitent dans la salle à manger pour voir ce qu'il se passe.

Nous entrons. Le Roi Léon est là. Il frappe de toutes ses forces sur un plat en argent avec une cuillère. À ses côtés, Fée Angora paraît très nerveuse. Précieuse et

Perla, qui sont attablées derrière eux, ont l'air absolument ravies !

Quand tout le monde est là, le Roi Léon arrête de sonner le rassemblement. Il annonce :

— Il est arrivé quelque chose d'épouvantable ! Quelqu'un a

ouvert la porte de la Serre aux papillons, et le Papillon Royal s'est échappé. C'est un spécimen très rare aux ailes jaunes avec des reflets dorés !

Le souverain s'éponge le front à l'aide d'un mouchoir. Il continue :

— J'ignore qui a pu commettre une telle bêtise. Je suis très en colère et vraiment déçu ! Sans Précieuse et Perla, qui ont eu l'intelligence de m'avertir que la Serre Royale était ouverte, j'aurais sûrement perdu tous mes précieux papillons !

À ces mots, Perla lève la main.

— Je vous écoute ! dit le roi.

Perla bat des cils : elle fait semblant d'être timide !

— Pardon, Votre Majesté, mais je sais qu'une élève est sortie du manoir, à l'aube. Par contre, je ne peux pas vous répéter son nom. Ce serait rapporter…

— Vous m'en voyez enchanté, mon enfant ! la félicite le Roi Léon en lui tapotant l'épaule. Moi aussi, je déteste les rapporteuses !

Perla est fâchée. Elle espérait que le roi dirait le contraire, cette peste ! Alors brusquement, Précieuse s'exclame :

— C'est Noémie, Votre Altesse !

On l'a vue revenir du jardin en cachette !

Là, tous les yeux se tournent vers moi. Je me sens rougir, rougir, rougir !

— Noémie ? répète Fée Angora en me dévisageant, très surprise. Est-ce que c'est vrai, ma chérie ?

— Non, c'est faux ! je me défends. Je ne suis pas sortie ! J'ai rencontré Marraine Fée qui m'a conseillé de prendre mon carnet de croquis, et je suis tout de suite remontée le chercher !

Je m'attends à ce que Fée Angora me réconforte, mais elle étouffe un petit cri :

— Oh, Noémie... Marraine Fée est rentrée au Palais Rubis hier soir ! Elle n'a même pas dormi ici. Son lit n'était pas défait lorsque je suis arrivée ce matin dans sa chambre pour m'installer.

— Mais… mais…

Je bredouille, j'ai du mal à m'expliquer.

— Elle m'a dit qu'elle attendait son carrosse ! je lance enfin.

Fée Angora secoue tristement la tête.

— Inutile d'insister, Princesse. Je regrette, mais Marraine Fée n'était pas là à mon arrivée.

— Vous voyez ? triomphe Perla en s'approchant du Roi Léon. Noémie a menti ! C'est elle, la coupable ! C'est elle, qui a

laissé le Papillon Royal se sauver !

— J'ai bien peur que vous n'ayez raison, ma chère, soupire le souverain. Tout accuse Princesse Noémie !

Je n'en crois pas mes oreilles ! C'est terrible !

Le Roi Léon croise sévèrement les bras sur sa poitrine et déclare d'un ton glacial :

— Princesse Noémie, je vous ordonne de quitter le Manoir Papillon dès que votre carrosse sera prêt. Vous resterez dans votre chambre jusqu'à ce qu'on vienne vous chercher.

Chapitre cinq

Je quitte la salle à manger, la tête baissée. Tout le monde me suit des yeux… Si seulement je pouvais devenir invisible !

Tu imagines ce que je ressens ?

Le pire, c'est que je ne suis même pas allée dans le jardin du Manoir Papillon ! Mais en même temps, je commence à me demander si j'ai réellement vu Marraine Fée... Peut-être que j'ai rêvé, en fait ?

Et puis, pendant que je monte l'escalier, je réalise soudain que je n'aurais jamais inventé ça : l'Enchanteresse en Chef si serrée dans ce petit fauteuil !

Je pousse alors un énorme soupir : comme j'aimerais que Marraine Fée soit là pour dire à tout le monde que je ne mens pas !

Je regagne ma chambre tristement. Là, je refais vite mes bagages avant de m'asseoir sur mon lit, angoissée.

Que va-t-il se passer, à présent ?

Même si on m'autorise encore à assister au Bal, je n'ai pas pu dessiner de papillon. Donc, je n'aurai pas de modèle pour ma robe !

J'essuie une grosse larme, sur ma joue… et je retiens mon souffle.

Là, dans le coin du mur, je le vois : le Papillon Royal !

Impossible de se tromper : il agite ses ailes jaunes aux reflets dorés contre le papier peint !

Mon cœur bat à mille à l'heure. Je me lève : je vais essayer d'attraper moi-même ce précieux insecte !

Il ne faut surtout pas lui faire peur. Doucement, je vais fermer la fenêtre. Je ramasse ensuite le verre que Marie a laissé sur le rebord, puis je récupère mon carnet de croquis pour boucher le verre et j'avance enfin sur la pointe des pieds vers le Papillon Royal…

J'espère l'emprisonner dans le

verre pour le rapporter au Roi Léon mais…

Toc ! Toc ! Toc !

On frappe à la porte !

Le papillon s'envole aussitôt. Il traverse la pièce et va se poser sur le mur d'en face. Lorsqu'il ne bouge plus, j'entrouvre la porte.

Chloé, Jessica, Marie, Maya et Olivia s'impatientent sur le palier.

— Le roi nous envoie te prévenir que ton carrosse est prêt, dit Chloé d'une petite voix. Ma pauvre Noémie ! Nous savons que tu es innocente mais…

— Chut ! je murmure. Plus un

bruit ! Allez chercher le Roi Léon, j'ai retrouvé le Papillon Royal !

— Oh ! souffle Jessica.

Et elle fonce vers l'escalier !

Quelques secondes plus tard, elle revient avec le roi, armé d'un filet à papillons.

— Vous l'avez vraiment

retrouvé, Princesse Noémie ? chuchote-t-il, plein d'espoir, en s'engouffrant dans la chambre. Vous êtes sûre que c'est lui ?

Je lui montre le papillon, encore posé dans l'angle du mur. D'un geste habile, le souverain le capture dans son filet, puis il l'examine de près. Il a l'air tellement content que nous sourions toutes aussi !

— Bravo, jeune princesse ! me félicite-t-il, fou de joie.

Il me serre la main si fort qu'il m'écrase presque les doigts !

— Oui, félicitations ! Je vais immédiatement l'enfermer dans

la serre. Quand j'aurai fini d'élever une douzaine de ses chenilles, je lui rendrai sa liberté. Chère Princesse Noémie ! Vous ne pouvez pas imaginer comme je suis heureux d'avoir récupéré mon Papillon Royal !

— S'il vous plaît, Votre Majesté, intervient alors Olivia. Ça signifie que vous ne punissez plus Noémie ? Elle peut rester ici avec nous ?

Le Roi Léon fronce les sourcils. Il s'éclaircit la gorge et marmonne :

— Eh bien, il y a toujours un mystère à éclaircir et...

Il s'arrête un moment, sourit et change d'avis :

— Je lève votre punition, Princesse Noémie. Après tout, j'ai retrouvé mon papillon ! Mais j'ai un travail à vous confier. Suivez-moi !

Je préfère un million de fois

travailler plutôt que de repartir au Palais Rubis !

Le Roi Léon me conduit dans le jardin du Manoir. Les élèves de la Princesse Academy se baladent parmi les fleurs en observant les papillons qui butinent.

— Vous allez m'aider à remettre le Papillon Royal dans la serre, m'explique le souverain. Je vous apprendrai ensuite à nourrir mes petits chéris !

Nous remontons une allée sinueuse qui mène à une grande porte de verre : la porte de la Serre Royale.

— Ouvrez-la, voulez-vous ? me

demande le roi. Moi, je tiens le filet. Je ne le lâcherai qu'à l'intérieur de la serre. Je ne veux pas risquer de perdre à nouveau ce chenapan de Papillon Royal !

Je contemple la porte, bien embêtée :

— Votre Altesse, je ne vois pas de poignée… Comment fait-on pour ouvrir ?

— Pardon ?

Le Roi Léon me fixe sans comprendre.

— Qu'avez-vous dit, Princesse Noémie ?

— Je ne vois pas de poignée ! je répète, embarrassée.

— Laisse-nous faire ! s'écrient brusquement deux voix derrière moi.

Et voici que Précieuse et Perla surgissent.

— Votre Majesté est si bonne

d'avoir pardonné à cette méchante Noémie ! minaude Perla devant le Roi.

— Regarde, Noémie ! enchaîne Précieuse. Tu vois ce minuscule levier, là-haut ? C'est ça, la poi-

gnée ! Nous aussi, on a eu du mal à la trouver, ce matin…

Soudain, elle s'interrompt. Elle vient de se trahir !

Sans un mot, le Roi Léon replace avec soin le Papillon Royal dans la serre. Lorsqu'il referme la porte, il me prend par le bras et lance enfin :

— Ma chère princesse, je vous dois des excuses ! J'espère que vous les accepterez...

— Bien sûr, Votre Altesse ! je réponds. Mais j'aimerais quand même nourrir les papillons avec vous ! Et ce qui serait vraiment formidable, c'est que vous permettiez à mes amies de la Chambre des Coquelicots de nous aider !

Chapitre six

Tu t'en doutes : ce n'est pas moi qui suis rentrée au Palais Rubis dans le carrosse qui attendait exprès...

Ce sont Précieuse et Perla, bien sûr !

Moi, avec mes amies, j'ai nourri les papillons.

Nous avons versé de l'eau sucrée dans de mignons petits plats. Quel spectacle !

Les papillons se sont tous rués sur ce nectar pour l'aspirer. Leurs ailes multicolores s'agitaient et bruissaient : c'était vraiment très gai !

Ensuite, nous nous sommes toutes installées dehors pour peindre les papillons.

On en a dessiné des dizaines chacune ! Évidemment, ceux de Marie sont les plus réussis. C'est une vraie championne en dessin !

Mais le Roi Léon m'a quand même félicitée pour ma peinture du Papillon Royal. Il a dit qu'il l'adorait ! Ça, ça m'a rendue vraiment très fière !

Et puis aujourd'hui, c'est dimanche.

La Reine Cornélia vient inspecter notre travail avec Marraine Fée.

Je ne pense déjà presque plus à ce qui s'est passé hier, mais au déjeuner, Maya demande tout à coup :

— Au fait, Marraine Fée... Quand êtes-vous repartie au Palais Rubis ? Noémie prétend qu'elle vous a vue dans le hall, samedi matin...

— Et c'est vrai, confirme l'Enchanteresse.

Fée Angora écarquille les yeux.

— C'est impossible, voyons ! Je suis arrivée à l'aube, et votre lit n'était pas défait !

— Chère Fée Angora ! s'amuse Marraine Fée. Vous ne connaissez donc pas un petit quelque chose bien pratique qu'on appelle : magie ?! Cela fait des années que je ne fais plus mon lit moi-même !

— Oh ! J'aurais dû y penser ! Je suis si étourdie ! bredouille la fée en rougissant.

— Hum ! Hum !

La Reine Cornélia toussote. Elle remarque :

— Tout ça, c'est bien joli, Marraine Fée. Mais nos princesses ont terminé les croquis de leurs tenues pour le Bal des Papillons, ce matin. Ne croyez-vous pas qu'il est temps d'annoncer qui a gagné ?

— Oui, il est grand temps en effet, admet l'Enchanteresse en se levant de table.

Elle agite sa baguette magique : une pluie de poussière scintillante vient danser au-dessus de nos têtes...

Tout à coup, Chloé, Jessica, Olivia, Marie, Maya et moi, on se sent légères, mais légères... si légères qu'on s'envole !

On flotte dans les airs une

seconde, avant de retomber sur nos chaises. *Boum !*

— J'espère que ça vous a plu ! rit Marraine Fée. Seules nos meil-

leures élèves montent aussi haut ! Alors, à votre avis : qui sont les six princesses qui auront la chance d'aller au Bal des Papillons sur un tapis volant en pétales de coquelicot ?

Des pétales de coquelicot ?

Nous nous fixons, avec mes amies. Nous osons à peine y croire !

— Nous six ? je murmure alors.

— Les Princesses Modèles de la Chambre des Coquelicots ! approuve l'Enchanteresse.

Et elle nous applaudit, comme Fée Angora, le Roi Léon… et tout le monde, dans la salle à manger !

Tu te rends compte ? Je suis si heureuse ! Nous irons au Bal des Papillons ensemble… et sur un

merveilleux tapis volant, en plus !
Hourra !

FIN

Que se passe-t-il ensuite ?
Pour le savoir, regarde vite
la page suivante !

Retrouve Princesse Olivia dans la deuxième histoire du hors-série le Bal des Papillons

Le Bal des Papillons approche !
Les Princesses de la Chambre des Coquelicots
ont hâte d'y aller en tapis volant !
Mais quand Noémie est accusée d'avoir volé
le cornet acoustique de la Reine,
la fête risque d'être gâchée.
Heureusement, Olivia connaît les coupables...

Les as-tu tous lus ?

Retrouve toutes les histoires de la
Princesse Academy dans les livres précédents.

Princesse Charlotte
ouvre le bal

Princesse Katie
fait un vœu

Princesse Daisy
a du courage

Princesse Alice
et le Miroir Magique

Princesse Sophie
ne se laisse pas faire

Princesse Émilie
et l'apprentie fée

Connecte-toi vite sur le site de tes héros préférés :
www.bibliothequerose.com
- Tout sur ta série préférée
- De super concours tous les mois

Saison 2 : les Tours d'Argent

Princesse Charlotte
et la Rose Enchantée

Princesse Katie
et le Balai Dansant

Princesse Daisy
et le Carrousel Fabuleux

Princesse Alice
et la Pantoufle de Verre

Princesse Sophie
et le bal du Prince

Princesse Émilie
et l'Étoile des Souhaits

Saison 3 : le Palais Rubis

Princesse Chloé
entre dans la danse

Princesse Jessica
a un cœur d'or

Princesse Marie
garde le sourire

Princesse Olivia
croit au Prince Charmant

Princesse Maya
fait le bon choix

Princesse Noémie
n'oublie pas ses amies

Table

Princesse Noémie
et la Serre Royale

« Pour l'éditeur, le principe est d'utiliser des papiers composés de fibres naturelles, renouvelables, recyclables et fabriquées à partir de bois issus de forêts qui adoptent un système d'aménagement durable. En outre, l'éditeur attend de ses fournisseurs de papier qu'ils s'inscrivent dans une démarche de certification environnementale reconnue. »

Imprimé en France par Jean-Lamour - Groupe Qualibris
Dépôt légal : mars 2009
20.24.1727.5/01 – ISBN 978-2-01-201727-6
Loi n°49-956 du 16 juillet 1949
sur les publications destinées à la jeunesse